Magilumière Co. Ltd.

2

SCÉNARIO : SEKKA IWATA   DESSIN : YÛ AOKI

KANA SAKURAGI

Fraîchement diplômée, Kana peine à trouver un premier emploi lorsqu'elle rencontre Koshigaya, une magical girl pour laquelle elle tombe immédiatement en admiration. Elle accepte sur-le-champ sa proposition d'intégrer la société Magilumière... Douée d'une mémoire exceptionnelle, elle ne ménage jamais sa peine et se prépare toujours à parer à toutes les éventualités.

KOSHIGAYA

Magical girl employée chez Magilumière Co. Ltd. Elle passe la plupart de son temps en jogging et parle n'importe comment. Elle possède néanmoins des prédispositions pour le métier de magical girl, qui confinent au génie.

MAGILUMIÈRE

SHIGEMOTO

Président de Magilumière. Il se consacre entièrement aux magical girls, dont il porte en permanence la tenue sur son lieu de travail.

Qu'est-ce qu'une Magical girl ?

Le métier de "Magical girl" est très prisé, avec un salaire élevé. Les magical girls ont notamment la charge de débarrasser le monde des monstres, phénomènes naturels qui apparaissent de façon imprévisible. Il existe plus de 500 entreprises de magical girls, allant du grand groupe à la très petite entreprise.

NIKOYAMA

Ingénieur magical girl chez Magilumière. Quand il est concentré sur une tâche, il occulte complètement le monde qui l'entoure.

MIDORIKAWA

Midorikawa occupe la fonction de représentant de commerce chez Magilumière. D'un tempérament doux, il est également très attentionné. Il assiste le président dans ses tâches.

Kana Sakuragi est une jeune diplômée à la recherche d'un emploi. Alors qu'elle commence à perdre confiance en elle, après avoir essuyé de nombreux refus, elle est impliquée dans un incident avec un monstre au cours d'un entretien d'embauche. Elle met à profit ses facultés naturelles de mémorisation pour aider la magical girl, Koshigaya, à se débarrasser du monstre.
Heureuse d'avoir enfin éprouvé le sentiment d'être utile à autrui, Kana décide de venir frapper à la porte de la start-up Magilumière, qui vient justement de décider d'embaucher un nouveau membre…!

Dès son premier jour, Kana accompagne Koshigaya sur le lieu d'une intervention, mais le balai de sa collègue tombe en panne. Sans se laisser gagner par la panique, malgré le danger, Kana utilise la magie à propos de laquelle elle vient juste de lire un paragraphe dans un de ses livres, permettant aux deux jeunes femmes de mener leur mission à bien. Désormais officiellement employée par Magilumière, Kana se lance dans la vie active, avec des attentes et de la fébrilité !

L'HISTOIRE

SENKA IWATA ET YŪ AOKI PRÉSENTENT

SOMMAIRE

MANIFESTATION DE MONSTRE EN COURS. RENDEZ-VOUS AU LIEU D'APPARITION DE TOUTE URGENCE.
L'APPARITION A EU LIEU DANS LE QUARTIER N°5, DANS UNE ZONE RÉSIDENTIELLE.
CHAPITRE 5 LE LEADER DU SECTEUR
T'ARRIVES À SUIVRE, KANA ?!
ÇA... ÇA VA !!

LE MONSTRE N'A PAS ENCORE ÉTÉ ANALYSÉ.
JE NE CONNAIS PAS SON SCHÉMA D'ATTAQUE. FAITES ATTENTION !
COM-PRIS !
KAEDE N'A PAS DÛ CHÔMER.
DEPUIS QUE TU NOUS AS REJOINTS, KANA, LES GROS BOULOTS S'ENCHAÎNENT !
CELA FAIT DÉSORMAIS UN MOIS QUE JE TRAVAILLE DANS UNE ENTREPRISE DE MAGICAL GIRLS.
J'AI EU L'OCCASION DE PARTICIPER À PLUSIEURS INTERVENTIONS.

J'AI ENCORE BEAUCOUP DE CHOSES À MAÎTRISER...
... MAIS JE M'EN SORS À PEU PRÈS.
KOSHIGAYA, SAKURAGI, VOUS DEVRIEZ ÊTRE ARRIVÉES...
... EN FACE DE LA ZONE CONTAMINÉE !
BRÔOOOH

DINGUE...
C'EST EN PLEIN MILIEU DES HABITATIONS.
SI ON IGNORE LE TYPE D'ATTAQUE QU'IL UTILISE...
... COMMENT DOIT-ON L'ABORDER ?
LAISSE-MOI FAIRE.
IL SUFFIT DE SE MANGER UN COUP POUR ÊTRE FIXÉES !
KOSHI-GAYA !!
BRÔÔOH

FYOUUUH
PSHAH

SPOF
C'EST BON...
... JE SUIS FIXÉE !
GNH

Y AURA UN DRAP À DÉDOMMAGER !
COMPRIS !
SBAH
C'EST UN MONSTRE À TENTACULES.
QU'EST-CE QU'ON FAIT, DANS CES CAS-LÀ ?
EUH...
IL FAUT DÉTOURNER SON ATTENTION EN LANÇANT DES PENTAGRAMMES NON CIBLÉS !
FYOUUH
TU AS BIEN ÉTUDIÉ, À CE QUE JE VOIS.
LANCE LES SORTS, KANA !
OUI... OUI...!
DAH

DÉPLOIEMENT DE PENTAGRAMMES NON CIBLÉS...
BROH
... MODÈLE...
SWOOP
PSHOUH
NON !
CE N'EST PAS MOI...
C'EST TOI QUI AS FAIT ÇA...?

TAP
ACQUISITION
FORMAT WIT
SPAH
BAH
BAH
BAH
BAH
HEIN ...?!
LE COEUR EST DÉJÀ ATTEINT...?
BRÔÔH
PSHHHH

PAN
HO !
C'ÉTAIT NOTRE PROIE ! POUR QUI TU TE PRENDS, TOI ?!
JE PASSAIS PAR LÀ ET J'AI CONSTATÉ QUE VOUS ÉTIEZ EN DIFFICULTÉ, ALORS JE SUIS VENUE...
... À VOTRE SECOURS.

TAP
KOSHI-GAYA !
SWOOOSH
PERSONNE T'A RIEN DEMANDÉ !
ON ÉTAIT EN TRAIN DE S'EN OCCUPER !
RRÔÔÔÔÔÔÔH
SI L'INTERVENTION A DÉBUTÉ MAIS QUE LA OU LES CONSOEURS IMPLIQUÉES SONT EN SITUATION DE DANGER...
... UNE MAGICAL GIRL D'UNE ENTREPRISE TIERCE EST ÉGALEMENT EN DROIT D'INTERVENIR.
VOUS SEREZ DÉDOMMAGÉES POUR VOTRE DÉPLACEMENT, JE NE VOIS PAS OÙ SE SITUE LE TORT POUR VOUS.
TGNIIIH

RAAAH
ガッ
ON N'ÉTAIT PAS EN DANGER ! TOUT SE PASSAIT BIEN !
PARDON POUR LA MÉPRISE, ALORS.
TOC
MAIS...
... ATTENTION, ON S'HABITUE VITE À LA DÉFAITE.
TOC
SBAAAH
シュバァァ

LA PÉTASSE ! TOUT ÇA PARCE QUE SA COMPAGNIE EST PUISSANTE...
ELLE FAIT PARTIE D'UNE GROSSE COMPAGNIE ?
ELLE EST CHEZ AST.
C'EST LE LEADER, DANS NOTRE DOMAINE.
REGARDE, C'EST LEUR SIÈGE, LÀ-BAS.

AST
RIEN À CARRER, DU DROIT. ET LA MORALE, ALORS ?
DANS LES GROSSES COMPAGNIES...
... IL Y A DES MAGICAL GIRLS QUI SONT CAPABLES DE S'OCCUPER DE TELS MONSTRES TOUTES SEULES...
GNIIIH
のび
ON VA SE MANGER UN BOL DE RAMEN, AVANT DE RENTRER ?
J'AI FAIM, C'EST MALIN !

Hein ?!
Ne ferait-on pas mieux de rentrer directement au bureau...?
Qu'est-ce qui nous empêche d'aller manger sur le chemin du retour ?
On n'est pas dans une grosse boîte pleine de règlements, nous.
Oui, mais... vous venez de déjeuner...
Ça glisse tout seul, les ramens !
FSHHHH
SHH

SWOOF
BON RE-TOUR !
TOP
BON RE-TOUR !
UNE PRISE À ENREGISTRER.
POF
ENCORE UN TRAVAIL ATTRAPÉ AU VOL ?
UNE FOIS DE PLUS, C'EST VOUS QUI AVEZ LES MEILLEURS RÉSULTATS POUR CE MOIS-CI, TSUCHIBA !
TAC TAC
Enregistrement de prise
AST.inc
Terminer
Database
TAC TAC

ピコ
BLOUP
NOUVELLE PRISE ENREGISTRÉE
Résumé
PLACE:
TYPE: FUMÉE
Remarques
Prise spontanée, en aide à Magilumière Co. Ltd.
TAILLE
H : ==================
P : ==================

JE VOUS REMERCIE DE L'AVOIR EMBAUCHÉE TOUT DE SUITE !
ELLE EST TRÈS DEMANDÉE, MAIS SI VOUS SOUHAITEZ RÉGLER IMMÉDIATEMENT, JE M'OCCUPE DE CONTACTER MES COLLÈGUES...
SWOOSH
CLAC
HM ?
AH, DÉSOLÉ...
TAC TAC
... MAIS ON N'A PAS D'ARGENT, TOUT COMPTE FAIT.
TAC TAC TAC
HEIN...?
POF

Résumé
FUMÉE
Remarques
se spontanée, e
Magilumière Co
Mais pourquoiii ?
FRRRH
FRRRH
TAC
TAC
MAGILUMIÈRE...
CLIC
• Rapide !!
• Efficace !!
• Personnel qualifié !
N'HÉSITEZ PAS À PRENDRE CONTACT AVEC NOTRE CONSEILLER !
QUI SOMMES-NOUS ?
P.D.G. : Kôji Shigemoto
5 membres
HMM...
TU AS MONTÉ TA SOCIÉTÉ, ALORS...

La fille dont l'embauche a été
annulée a été immédiatement acceptée
dans une autre société, et elle est
maintenant une magical girl accomplie.
L'homme chargé de lui trouver
une place a également reçu un bonus
à la signature de son contrat.

Magilumière s'engage activement pour un monde rempli de bonté.

CHAPITRE 6 – NOTRE PHILOSOPHIE

CLAC
ガチャ
MINCE !
PARMI PLUS DE 500 ENTREPRISES DE MAGICAL GIRLS EXISTANTES...
... 99 % SONT DES PETITES ET MOYENNES ENTREPRISES.
À PEINE 10 % PARVIENNENT À SE MAINTENIR PLUS DE 10 ANS.
MAGILUMIÈRE, LA SOCIÉTÉ QUI M'EMPLOIE...
CLAC
ガチャ
BONJOUR !
OHÉ !

… EST UNE TRÈS TRÈS PETITE ENTREPRISE.
NIKOYAMAAA !
OUI, PATRON ?
MA MANCHE EST DÉCOUSUE. TU N'AURAIS PAS DU RUBAN À ME PASSER ?
AH, IL VOUS FAUT QUELQUE CHOSE D'AJOURÉ, N'EST-CE PAS ?!
OUI, SI TU AS DU TULLE, OU UN AUTRE MATÉRIAU TOUT AUSSI TRANSPARENT, CE SERA PARFAIT.
UN ROSE QUI TIRE SUR LE GRIS VOUS IRAIT BIEN, ÇA VOUS DONNERAIT UN CÔTÉ PLUS MÛR.
JE VOIS CE QUE TU VEUX DIRE.
JE SUIS DANS UN LYCÉE POUR FILLES, OU QUOI…?
LES ATTAQUES MAGIQUES À LARGE RAYON

ガチャ
CLAC
AAAH... J'AI BIEN COURU...
QU'EST-CE QU'ON EST BIEN, EN JOGGING...
ÇA DEVRAIT ÊTRE L'UNIFORME DE BASE POUR TOUTE L'HUMANITÉ.
T'ES EN AVANCE. T'ES VENUE ÉTUDIER ?
OUI !
BON-JOUR, KOSHI-GAYA.
J'ESSAYE DE ME FORMER. IL Y A TELLEMENT DE CHOSES QUE J'IGNORE.
PAR EXEMPLE, CES ATTAQUES SUR DES ZONES ÉLARGIES SONT NOUVELLES...
... MAIS ELLES PERMETTENT DE RÉDUIRE LES COÛTS, APPAREMMENT.
ÉTUDE DE CAS
ÇA DOIT ÊTRE UN BEAU SPECTACLE !
RIEN NE VAUT UNE BONNE DÉMONSTRA-TION DE PUISSANCE !
OUI... J'IMAGINE...
VOUS N'Y COMPRENEZ RIEN, PATRON !!

わ BROUHAHA
CE SONT LES COURBES DESSINÉES PAR LES RUBANS, QUAND ILS FLOTTENT AU VENT, QUI FONT TOUTE LA BEAUTÉ D'UNE TENUE !!
J'AIME TOUT AUTANT LES RUBANS RACCOURCIS QUI RESTENT PRÈS DU CORPS, MOI !
ET COMMENT COMPTEZ-VOUS EXPRIMER LA SOUPLESSE DES MOUVEMENTS, AVEC ÇA ?!
わ BROUHAHA
Il suffit de s'en remettre aux mouvements des cheveux longs, pour exprimer ce genre de choses !
Vous semblez oublier que toutes les magical girls n'ont pas des cheveux longs et raides !
NOTRE ENTREPRISE EST VRAIMENT... SPÉCIALE, POUR NE PAS DIRE AUTRE CHOSE.
T'AS PEUT-ÊTRE PAS TORT.
IL FAUT DIRE QUE LE PATRON SE CONSACRE CORPS ET ÂME AUX MAGICAL GIRLS...

CORPS ET ÂME...?
ALORS QUE LUI-MÊME N'EST PAS UNE MAGICAL GIRL...?
CETTE TEINTE EST BIEN TROP TERNE !
NON, C'EST JUSTE CE QU'IL FAUT, AVEC LA LUMIÈRE EXTÉRIEURE !
...
CLAC
ON A REÇU UNE NOUVELLE DEMANDE !
BON TRAVAIL, KAEDE !
Planning prévisionnel
PUSH
ALLEZ, TOUT LE MONDE EN RÉUNION ! TRAVAILLEZ UN PEU.
PUSH
KOSHIGAYA, QUEL RUBAN VA LE MIEUX, SELON TOI ?
MOI, JE SUIS POUR LE JOGGING UNIVERSEL, ALORS VOS HISTOIRES DE RUBAN...
GNH
LES ATTAQUES MAGIQUES À LARGE RAYON

PLAF
VOICI L'ENDROIT QUI A BESOIN D'ÊTRE NETTOYÉ !
DES SIGNES AVANT-COUREURS SE SONT DÉCLARÉS...
... DANS LES CONDUITES SOUTERRAINES DE LA RUE PRINCIPALE DU QUARTIER AMAMUGI, EN FACE DE LA GARE.
Rue centrale
LES AUTORITÉS LOCALES SOUHAITENT QUE NOUS INTERVENIONS RAPIDEMENT.
QUESTION !
ON EST LES SEULS À INTERVENIR, OU ON DOIT COLLABORER ?

NOUS SOMMES SEULS, CE COUP-CI.
LA ZONE EST VASTE, MAIS LES MONSTRES SONT PETITS.
LE PROBLÈME EST PRIS RAPIDEMENT, ET LES COMMERÇANTS DE LA ZONE N'ONT PAS LE BUDGET POUR PLUSIEURS INTERVENANTS.
EN UTILISANT UN PENTACLE...
... QUI COUVRE TOUTE LA ZONE, VOUS DEVRIEZ EN VENIR À BOUT TOUT DE SUITE.
Rue centrale
KYUH
!
UNE ATTAQUE SUR ZONE LARGE !
...
NON...

IL EST TROP TÔT POUR JUGER SI UNE ATTAQUE SUR UNE ZONE AUSSI GRANDE EST LA MEILLEURE SOLUTION OU NON.
?!
....
VOUS AVEZ RAISON.
IL EST ÉGALEMENT POSSIBLE DE TRAITER CHAQUE CIBLE INDIVIDUEL-LEMENT.
A...
ATTENDEZ...

VU LES CIRCONSTANCES...
... IL ME SEMBLE QU'ON PEUT DÉJÀ ENVISAGER QU'UNE LARGE ATTAQUE DE ZONE EST LA SOLUTION À PRIVILÉGIER...
Techniques magiques de pointe
Série 4
LES ATTAQUES MAGIQUES À LARGE
TRAITER CHAQUE CIBLE UNE PAR UNE SERAIT LONG ET COÛTEUX...
... ET SURTOUT DANGEREUX.
UTILISER UN PENTACLE D'UN RAYON DE 50 MÈTRES PERMETTRAIT DE TOUT SOLUTIONNER D'UN COUP.
Rue

DANS UNE DES ÉTUDES DE CAS DE CE LIVRE...
BAH
SAKURAGI.
ÉTUDES DE CAS AVEC
LES DIFFÉRENTS
LES ATTAQUES MAGIQUES À LARGE RAYON
HA
JE SUIS HEUREUX DE CONSTATER QUE TU TE SENS SUFFISAMMENT À L'AISE...
... POUR PRENDRE LA PAROLE EN RÉUNION.
NÉAN-MOINS...

... DÉCIDER DES TECHNIQUES À METTRE EN ŒUVRE AVANT MÊME D'AVOIR VU LA ZONE À NETTOYER...
... ÇA NE CORRESPOND PAS À NOTRE PHILOSOPHIE.
PHILO...
... SOPHIE...?
TÛÛÛÛ
QU'EST-CE QUE ÇA SIGNI...

MAGILLU-MIÈRE, À VOTRE ÉCOUTE.
AH, BONJOUR...
QUOI ?!
VOUS VOULEZ QUE NOUS VENIONS IMMÉDIATEMENT ?!
LES MONSTRES SONT DE PLUS EN PLUS NOMBREUX.
VOUS ÊTES PRÊTES À PARTIR ?
PAS DE PROBLÈ-ME.
CLANG
POF !
ALLONS-Y, KANA !

OU...
OUI !
SWING
DIRECTION LA RUE PRINCIPALE DU QUARTIER AMAMUGI...
... EN FACE DE LA GARE !
UNE FOIS ARRIVÉES, ON COMMENCERA TOUT DE SUITE LE NETTOYAGE !

NIKO A TOUTES LES INFORMATIONS SUR L'EMPLACEMENT DE CHAQUE MANIFESTATION.
SUIS BIEN SES CONSIGNES.
ENTENDU !
ÇA NE CORRESPOND PAS À NOTRE PHILOSOPHIE.
PHILOSOPHIE...
GNH
LE TRAVAIL...
... EST-IL VRAIMENT CENSÉ RÉPONDRE À CE GENRE DE PRINCIPES ?
C'EST PARTI !

BROOOOH
BEER
RÉUSSI
Conseils de magie
UCHIMURA CONSEIL ADMINISTRATIF
SOLATINE (S.A.)
BUFFET À VOLONTÉ
1 300 YENS TOUT COMPRIS
ÉPILATION
Campagne de promotion
CONFIANCE & RÉSULTATS
BUREAU D'ÉTUDES UCHIMURA
CONFIANCE & RÉSULTATS
BUREAU D'ÉTUDES UCHIMURA
C'EST PLUTÔT CE GENRE DE VALEURS...
... QUI DEVRAIT ÊTRE PRIVILÉGIÉ AU SEIN D'UNE ENTREPRISE...

ANCE & RÉSULTATS
D'ÉTUDES UCHIMURA
SWOOH...
& RÉSULTATS
ÉTUDES UCHIMURA
BLAAANG
HEIN...?! MAIS...?!
REGARDE BIEN L'ARRIÈRE DU PANNEAU...

?!!!
LE MAL S'EST ÉTENDU.
LES MONSTRES SONT REMONTÉS À L'AIR LIBRE EN SE SERVANT DE LA TUYAUTERIE.
NOUS AVONS BIEN FAIT...
... DE NOUS DÉPÊCHER.

BLOP
BLOP
BLOP
STEACK & RIZ
TONKATSU
FRIANDISES TSUBURAYA
BLOP
BLOP
BLOP
ILS SONT BIEN PLUS NOMBREUX QUE PRÉVU !
IL Y EN A BEAUCOUP TROP...
C'EST UN BEAU BORDEL, LÀ-DESSOUS...
ON S'EST PAS DÉPLACÉES POUR RIEN !

La philosophie du patron
- Édition "ramen" -
J'ai remarqué que vous versiez toujours très peu d'eau.
C'est mieux quand les pâtes restent fermes.
GLOU GLOU
ドボボボ

CHAPITRE 7 — DES IDIOTS IDÉALISTES ET INEFFICIENTS

EFFECTIVE-MENT.
DES MONSTRES SONT APPARUS DANS LE QUARTIER COMMERÇANT D'AMAMUGI... IL Y A UNE INTERVENTION EN COURS, APPAREMMENT.
Une personne prête à décoller, je vous prie.
PFFH...
ILS POURRAIENT SE DÉPÊCHER DE RÉGLER LE PROBLÈME, AU LIEU DE FAIRE PERDRE LEUR TEMPS AUX GENS.
IL SUFFIRAIT D'UTILISER UNE ATTAQUE DE ZONE POUR ALLER PLUS VITE...

C'EST QUOI...
... CE BORDEL...?
ILS SONT 80 ? 100 ?
IMPOSSIBLE D'ÉVALUER LEUR NOMBRE, CAR BEAUCOUP SONT CACHÉS.
LÉGUMES FU
LÉGUMES FUJIKI
CHAPITRE 7 DES IDIOTS IDÉALISTES ET INEFFICIENTS
ET ILS N'ARRÊTENT PAS DE SE MULTIPLIER, EN PLUS...
IL FAUT SE DÉPÊCHER DE LANCER UN SORT SUR TOUTE LA ZONE...
KANA !

IL FAUT INSPECTER TOUTE LA ZONE !
MAIS...
C'EST ÇA, LA ZONE, NON ?
CE N'EST QUE L'ENTRÉE DE LA ZONE COMMERÇANTE, ICI.
ON NE SAIT PAS CE QU'IL SE PASSE À L'AUTRE BOUT.
SÉPARONS-NOUS POUR FAIRE L'ÉTAT DES LIEUX, AVANT D'AGIR.
AU MOINDRE PROBLÈME, TU NOUS CONTACTES.
NE PRENDS PAS DE DÉCISION...
... AVANT D'AVOIR VU LA SITUATION SUR PLACE.

...
D'ACCORD !
ゴオオオ
BROOOOH
QUARTIER D'AMAMUGI
IL EXISTE UN MANUEL DE PROCÉDURES CONÇU POUR QUE LES INTERVENTIONS SOIENT RAPIDES ET EFFICACES.
POURQUOI, ALORS, TANT D'OBSTINATION À OBSERVER LES CONDITIONS SUR PLACE...?
Il y en a énormément...
QUARTIER D'AM

C'EST BIEN CE QUE JE PENSAIS.
LES IMMEUBLES LES PLUS RÉCENTS SONT RELATIVEMENT ÉPARGNÉS...
KOIKE ELECTRONICS
QUELLE AFFAIRE
電球
... MAIS PLUS ON AVANCE DANS LE VIEUX QUARTIER, PLUS LES MONSTRES SONT NOMBREUX.
COMMENT ÇA VA, KANA ?
LES MONSTRES...
... SONT TOUT AUSSI NOMBREUX À L'AUTRE BOUT DE LA RUE...
NE REGARDE PAS LES MONSTRES, MAIS LE QUARTIER.

QUARTIER D'AMAMUGI
GRANDS SOLDES
GRANDS SOLDES
POUR LES 100 ANS DU QUARTIER
Les conséquences d
Magie de zone pour
Alentours
KOSHI-GAYA !

TABAC
Salon de Thé
CE QUARTIER A L'AIR RELATIVEMENT ANCIEN.
OUI.
Y COMPRIS LES BÂTIMENTS.
LA MAGIE SUR ZONE LARGE QUE JE VOULAIS UTILISER...
... EST TRÈS PUISSANTE.
SI NOUS LANCIONS UN TEL SORT ICI...

... LES MONSTRES SERAIENT ÉLIMINÉS D'UN COUP...
QUARTIER D'AMAMUGI
GRANDS SOLDES
UDON SOBA
Cafe
... MAIS LES BÂTIMENTS LES PLUS ANCIENS SERAIENT ENDOMMAGÉS.
UDON SOBA
QUARTIER D'AMAMUGI
GRANDS SOLDES

CE QUARTIER HISTORIQUE NE POURRAIT JAMAIS RETROUVER SON APPARENCE D'ANTAN.
Agence immobilière Milk House
KARAOKÉ
BIEN SÛR...
... LES ASSURANCES ANTI-MONSTRES COUVRIRAIENT LES DÉGÂTS...
... MAIS EST-CE VRAIMENT LA MEILLEURE CHOSE À FAIRE...?
SERAIT-CE LA RAISON POUR LAQUELLE...

... LE PATRON A TANT INSISTÉ...
... SUR LA NÉCESSITÉ DE VOIR LES LIEUX DE NOS PROPRES YEUX...?
OUI, MAIS...
ON SE REGROUPE, KANA !
IL FAUT RÉFLÉCHIR À UNE SOLUTION.
MAIS PLUS J'EN VOIS...
... PLUS J'EN VIENS À ME DEMANDER...
GRANDS SOLDES
... S'IL Y A VRAIMENT UNE SOLUTION, DANS CES CIRCONSTANCES...

ON NE BOUGE PLUS DU TOUT.
COMMENT UNE INTERVENTION PEUT-ELLE DURER AUSSI LONGTEMPS...?
C'EST LA MAUVAISE ENTREPRISE QUI S'EN CHARGE, À TOUS LES COUPS.
IL EXISTE PARFOIS DES PROFESSIONNELS QUI CHERCHENT À S'OCCUPER DES MONSTRES UN PAR UN.
MÊME SI PROCÉDER AINSI NE RAPPORTE RIEN.
SUR 1000 PERSONNES, 999 VONT CHOISIR LA MÊME FAÇON DE PROCÉDER.
ALORS, POURQUOI RÉFLÉCHIR ?
ET LA 1000e PERSONNE...?
LA 1000e...

... EST UNE IDÉALISTE, UNE IDIOTE QUI N'A QUE FAIRE DU TEMPS ET DES MOYENS ENGAGÉS.
KANA !
KOSHI-GAYA...
NE TE PRENDS PAS LA TÊTE TOUTE SEULE.
TU PEUX ME DEMANDER TOUT CE QUE TU VEUX. SAUF DU BLÉ.
JE NE SAIS QUE PENSER...
LE PLUS EFFICACE SERAIT D'UTILISER UNE GRANDE ATTAQUE DE ZONE...
... MAIS CELA ENDOMMAGE-RAIT LES LIEUX.
LES ATTAQUER INDIVIDUELLEMENT N'EST PAS NON PLUS ENVISAGEABLE, VU LA VITESSE À LAQUELLE ILS PROLIFÈRENT.
TOUT CE QU'IL RESTE...

LA SEULE SOLUTION QUI ME VIENNE À L'ESPRIT N'EST PAS RÉALISTE...
... C'EST UN CONCEPT.
SBAH
OUAH ?!
ÇA ME PLAÎT, LES CONCEPTS. VAS-Y, CRACHE LE MORCEAU.
EUH...
CRACHE LE MORCEAU...?
J'AI LE SENTIMENT QUE CE NE SERAIT PAS PERTINENT...
IL FAUDRAIT RÉFLÉCHIR À QUELQUE CHOSE DE PLUS CONSTRUCTIF...
PSST
PSST
PSST
KANA.

PENSES-TU VRAIMENT QU'ON SOIT DU GENRE À SE MOQUER DE TOI, LES AUTRES ET MOI ?
EXPLIQUE-NOUS TON IDÉE, SANS TE POSER DE QUESTIONS.
SI TU TE PLANTES, JE SUIS LÀ POUR TE RATTRAPER !
N'HÉSITE JAMAIS À ME PARLER, SURTOUT !
D'ACCORD ?!!
MERCI, KOSHIGAYA...

NiKOYAMA !
JE T'ÉCOUTE !
DEMANDE-MOI CE QUE TU VEUX !
C'EST JUSTE UNE iDÉE, MAIS...
... ÉTANT DONNÉ QUE LES MONSTRES ViENNENT DES CANALiSATiONS SOUTERRAiNES...

HIT HIT HIT
... PLUTÔT QUE DE MENER L'ATTAQUE DE L'EXTÉRIEUR...
... NE VAUDRAIT-IL PAS MIEUX ESSAYER DE PURIFIER...
... LES CANALISATIONS, QUI SONT TOUTES RELIÉES LES UNES AUX AUTRES ?
TU VOIS ? C'EST UNE BONNE IDÉE !
TU ES VRAIMENT DOUÉE, Y A PAS À DIRE !
IL Y A TOUT DE MÊME...
... UN PETIT PROBLÈME...

CE TYPE DE MAGIE N'EXISTE PAS...
CE SERAIT BIEN SI C'ÉTAIT POSSIBLE, MAIS...
... MÊME DANS LES CATALOGUES LES PLUS RÉCENTS, IL N'EXISTE PAS DE SORTS DE MAGIE...
... QUI PEUVENT ÊTRE LANCÉS DANS DES CANALISATIONS ÉTROITES, OU DE FAÇON SOUTERRAINE...
C'EST VRAIMENT UNE PROPOSITION SANS FONDEMENT...
SAKURAGI...

C'EST TOUT CE QU'IL NOUS FALLAIT.
NE T'INQUIÈTE PAS.
HEIN ?
Patron ?
NOUS SOMMES UNE START-UP.
QUAND UNE TECHNIQUE N'EXISTE PAS...
... ON LA FABRIQUE.

Q. Est-il possible de faire le ménage avec un balai de magical girl ?
R. Non.
ボシュウウウウ
PSHOUUUUH

QUAND UNE TECHNIQUE N'EXISTE PAS...
... ON LA FABRIQUE.
HEIN ?!
CHAPITRE 8 LES IDÉALISTES
IL VOUS FAUT QUOI, 20 MINUTES ?
J'ÉCRIS LE PROGRAMME ET JE VOUS LE TRANSFÈRE EN 15 MINUTES.
EN UTILISANT LA BIBLIOTHÈQUE LOGICIELLE, JE PEUX PRENDRE MOINS DE TEMPS.
PARFAIT.

ATTENDEZ UN PEU.
LA MAGIE, ÇA SE FABRIQUE EN UN CLAQUEMENT DE DOIGTS, COMME ÇA ?!
JE CROYAIS QUE SEULES LES GRANDES ENTREPRISES DÉVELOPPAIENT LEURS PROPRES SORTS...!
MAIS OUI, ÇA SE FAIT EN UN CLAQUEMENT DE DOIGTS.
TU VAS VOIR, C'EST IMPRESSION-NANT.
TAC
TAC
TAC

J'AI FINI DE CRÉER LE MODÈLE DE MAGIE.
JE LE COMBINE AVEC LA TRAJECTOIRE D'ATTAQUE ET LE RAYON D'ACTION.
J'AI DESSINÉ LE PENTAGRAMME, EN METTANT L'ACCENT SUR LA CONDUCTIVITÉ.
JE T'AI TRANSFÉRÉ LE CALQUE DE DONNÉES.
OK
OK
OK
TAC
TAC-TAC
LÉGUMES YOSHINARI
DIS, KANA...

ÇA DEVRAIT ALLER VITE, APRÈS ÇA. ON VA MANGER DES RAMENS, ENSUITE ?
JE T'INVITE.
TÛT TÛÛÛT
TÛÛÛT
C'EST RARE, MAIS IL Y A PARFOIS AUSSI DES INGÉNIEURS DE MAGIE QUI IGNORENT LES DIRECTIVES DU MANUEL.
J'EN AI CONNU UN, AUTREFOIS.

IL ÉTAIT TELLEMENT DOUÉ QUE J'AURAIS PU FAIRE APPEL À LUI, QUAND J'AI DÉMARRÉ MON AFFAIRE.
POURQUOI NE PAS L'AVOIR INVITÉ À VOUS REJOINDRE, FINALEMENT ?

PARCE QUE C'ÉTAIT UN IDÉALISTE.
FAIS LES DERNIÈRES VÉRIFICATIONS, AVANT LE TRANSFERT !
JE LANCE TOUT DE SUITE LA SIMULATION.
TAC
Enter
Shift

C'EST LE PLAN DES CANALISATIONS DU QUARTIER D'AMAMUGI QUI A SERVI DE BASE, POUR LE SCHÉMA D'ATTAQUE.
LES PENTAGRAMMES VONT SE DISPERSER DANS L'ENSEMBLE DES CANALISATIONS, À PARTIR DU CŒUR DU QUARTIER.
LE SORT DOIT ÊTRE LANCÉ DEPUIS UNE PLAQUE D'ÉGOUT...
... MAIS IL EST DIFFICILE DE SAVOIR LAQUELLE CONVIENT LE MIEUX, À PARTIR D'ICI.
...
SAKURAGI...

TU NE TE SOUVIENS PAS D'AVOIR VU UNE PLAQUE D'ÉGOUT...
... PLUS GRANDE QUE LES AUTRES ?
QUOI... ?
LE SORT DOIT ÊTRE LANCÉ À PARTIR DE LA ZONE...
... DANS LAQUELLE TU VIENS DE PASSER.
PEUX-TU FAIRE APPEL À TA MÉMOIRE, ET NOUS INDIQUER LE MEILLEUR ENDROIT ?
UNE PLAQUE D'ÉGOUT PLUS LARGE QUE LES AUTRES...
JE N'AI PAS SOUVENIR DE ÇA...
EUH...

VOUS POUVEZ...
... ME LAISSER 3 MINUTES POUR RÉFLÉCHIR ?
BIEN SÛR, PRENDS TON TEMPS.
GRANDS SOLDES

JE M'EN SOUVIENS !
IL Y EN A UNE DEVANT LE BAR "FUMI", 50 MÈTRES APRÈS L'ENTRÉE DE LA ZONE COMMERÇANTE !!
EXCEL-LENT !
JE RENTRE LES COORDONNÉES GÉOGRAPHI-QUES !
PAR LÀ, ALORS...
!!

BLOP
BLOP
BLOP
C'EST TOUT VU !
IL Y A ENCORE PLUS DE MONSTRES QUE TOUT À L'HEURE...!
NOUS SOMMES CENSÉES PASSER LÀ-DEDANS POUR LANCER UN SORT...?!
IL VAUT SANS DOUTE MIEUX FAIRE MARCHE ARRIÈRE ET PROPOSER UN AUTRE ENDROIT...
KANA...
GRANDS SOLDES
Fleuriste

TU AS FAIT DU BEAU TRAVAIL.
JE M'OCCUPE DE LA SUITE, D'ACCORD ?
MAIS...
KOSHIGAYA ! À TOI DE JOUER, POUR LANCER LE SORT !
O.K. !

Et donc ?
QU'EST-CE QUE JE SUIS CENSÉE FAIRE ?
APRÈS...
... T'ÊTRE RENDUE À L'ENDROIT D'OÙ LE SORT DOIT ÊTRE DÉPLOYÉ...
... POSE TON BALAI SUR LE CENTRE DE LA PLAQUE D'ÉGOUT.
IL FAUT QUE TU DISPERSES LES MONSTRES EN AMONT, BIEN SÛR.
SIMPLE COMME BONJOUR !
KANA, JE COMPTE SUR TOI POUR M'AIDER.
OUI !!

BAR
FUMI
BIENVENUE
SLORF
SLORF
C'EST DINGUE.
ON DISCERNE À PEINE LA PLAQUE.
DANS CES CONDITIONS, NE VAUDRAIT-IL MIEUX PAS...
T'INQUIÈTE, ÇA VA PASSER CRÈME.
SBIH
J'Y VAIS. À TOUTE !

SCRITCH
SCRITCH
SCRITCH
PROJECTILE MAGIQUE DE COURTE PORTÉE Nº 3...
EXÉCUTION !
EXÉCUTION !
PSHOUH
PSHOUH
ELLE SE PRÉPARE À ATTERRIR TOUT EN ATTAQUANT...
QUELLE ADRESSE...
PARFAIT, LA VOIE EST LIBRE !
CRAC
CRAC
CRAC

BAANG
シュウウウ
PSHHH
TU ES PILE AU BON ENDROIT !
MAINTIENS TON BALAI EN PLACE !
CRIIIIH
JE TRANSFÈRE LES PENTAGRAMMES !
CLAC CLAC
CLAC

SWISH
LA PLAQUE D'ÉGOUT...
... EST RECOUVERTE PAR LE CERCLE MAGIQUE...!
SCRITCH
SCRITCH
KIIN
KIIN

KIIN
KIIN
KIIN
BIP LÔ
BIP LÔ
BIP LÔ
100%
C'EST DU SUR-MESURE !
J'ESPÈRE QUE ÇA VOUS PLAIRA !

EXÉCUTION DE LA TÂCHE !
SBAOUM
LÉGUMES
LÉGUMES YAMADA

Viande sur ramen
Viande aux ramens
Ramen à la Viande
Viande
BOH
BOH
BOH
BOH
BOH
BOH

LA MAGIE, JUSQU'À PRÉSENT INEXISTANTE...
CHAPITRE 9 EN UN CLAQUEMENT DE DOIGTS
... ET DONT JE VIENS À PEINE DE FORMULER L'IDÉE...
... EST EN TRAIN D'ÊTRE DÉPLOYÉE, JUSTE SOUS MES YEUX.

CHAPITRE 9 EN UN CLAQUEMENT DE DOIGTS
BOUM
BAM
BAM
BAM

BOUM
FSH
BOUM
LA MAGIE RESSORT PAR TOUTES LES PLAQUES...
L'ÉLIMINATION SE FAIT DE L'INTÉRIEUR DES CANALISA-TIONS !
PSHOUH
TOUT SE PASSE COMME TU L'AVAIS IMAGINÉ, SAKURAGI !

BAM
ボゴン
QUARTIER D'AMAMUGI
GRANDS SOLDES
BAM
ボゴン
BAM
ボゴン
PSHHH
CLAC
CLAC
PLONC
SANS LE MOINDRE SOUCI !

BAR
ET VOILÀ ! TRAVAIL ACCOMPLI !

TU VOIS, KANA ?
ÇA S'EST FAIT EN UN CLAQUEMENT DE DOIGTS, PAS VRAI ?
EN COURS D'EXÉCUTION
EN COURS D'EXÉCUTION
EN COURS D'EXÉCUTION
EN COURS D'EXÉCUTION
EN COURS D'EXÉCUTION
EN COURS D'EXÉCUTION

EN COURS
EN COURS
EN COURS
COURS
CUTION
QUELLE EST DONC...
... CETTE MAGIE QUE JE VIENS D'APERCEVOIR...?
JE NE ME SOUVIENS PAS D'AVOIR VU UNE TELLE CHOSE, NI DANS LES CATALOGUES DE MAGIE NI CHEZ NOS CONCURRENTS.
SI C'EST UN SORT RÉALISÉ SUR COMMANDE, C'EST D'UN NIVEAU INCROYABLE...
BIP BIP
BIP BIP
BIP
TERMINÉ
QU'EST-CE QUE JE RACONTE...
EN PLEIN TRAVAIL...

BLAM
Coffee
DÉLICES D'AMAMUG
ACCEPTEZ ÇA, CE N'EST PAS GRAND-CHOSE.
C'EST UN PETIT SUPPLÉMENT, EN PLUS DU PAIEMENT DE VOS SERVICES.
QUARTIER D'AMAMUGI
GRANDS SOLDES
MERCI BEAUCOUP...
KOSHIGAYA, ÇA FAIT BEAUCOUP, NON...?
MERCI !
Riz
IL N'Y A AUCUN MAL À ACCEPTER UNE MARQUE DE RECONNAISSANCE, KANA.
CE N'EST PAS VRAIMENT LE PROBLÈME...
Merci pour tout !
Ça me fait plaisir, mais c'est encombrant...
QUARTIER D'AMAMUG
GRANDS SOLDES
POUR LES 100 ANS DU QUARTIER

NOUS AVONS VRAIMENT BIEN FAIT...
... DE FAIRE APPEL À VOUS.
TOUS LES 10 ET LES 20 DU MOIS
Les légumes sont à un prix imbattable !
SOLDES MATINAUX
De 8 h 30 à 11 h
CET ENDROIT COMMENCE À SE FAIRE VIEUX...
Bananes 135 yens
Oignon Par 3
Tomates 450 yens 200 yens
100 yens
Poivrons 300 yens
... MAIS NOUS Y AVONS TELLEMENT DE SOUVENIRS...
JE SUIS VRAIMENT SOULAGÉE...
QUARTIER D'AMAMUGI
GRANDS SOLDES

MARAÎCHER
MARAÎCHER
QUINCAILLERIE HATTA
QUINCAILLERIE HATTA
GRANDS SOLDES
GRANDS SOLDES
... QUE NOTRE QUARTIER S'EN SORTE QUASIMENT INDEMNE.
DÉLICES D'AMAMUGI
QUAND J'AI SU QUE DES MONSTRES ÉTAIENT APPARUS...
... JE ME SUIS PRÉPARÉE...

... À NE PAS RETROUVER LE MÊME QUARTIER, EN REVENANT.
CAT CAFÉ
MAIS LES DÉGÂTS SONT FACILEMENT RÉPARABLES.
C'EST À TOI QU'ON DOIT CE RÉSULTAT, N'EST-CE PAS ? MERCI !
C'EST MOI QUI AI LANCÉ LE SORT, MAIS...

... C'EST MA JEUNE COLLÈGUE QUI EN A EU L'IDÉE.
Riz
BRAVO, MA PETITE...
どき SBAH
どき SBAH
どき SBAH
TIENS, PRENDS DONC ÇA AUSSI.
BABLAM
MER... MERCI !
JE COMMENCE À DÉCOUVRIR...

... QUE LE TRAVAIL PERMET DE RECEVOIR...
QUARTIER D'AMAMUGI
GRANDS SOLDES
... BEAUCOUP.
MAGILUMIÈRE CO. LTD.
MAGILUMIÈRE COMPANY LIMITED
VOUS REVOILÀ ?!

HELLOOO !
FOUSH
TIENS, QUELQUES SOUVENIRS.
EUH... MERCI.
RIZ
CLAC
PATRON...
BEAU TRAVAIL.

Canalisations
Attaque magique
Intervalle 2 m
1,8 m
Plaque d'égout
Environ 50
Tout s'est bien passé ?
パラララ… SPLAF
LE PLAN DU QUARTIER ET DES SCHÉMAS DE CONCEPTION POUR LE SORT…
TOUT CE TRAVAIL…
MERCI BEAUCOUP.
C'EST PARCE QUE VOUS AVEZ INSISTÉ SUR LA NÉCESSITÉ DE CONSTATER LA SITUATION SUR PLACE QUE NOUS Y SOMMES PARVENUES.
CE SORT N'A PAS SEULEMENT PERMIS DE SUPPRIMER LES MONSTRES…
… MAIS AUSSI DE PRÉSERVER LE QUARTIER.
GRANDS SOLDES

NOUS NOUS SOMMES CONTENTÉS DE DONNER FORME À L'IDÉE QUE TU AVAIS CHOISIE.
LA FAÇON DONT LES MONSTRES SE DÉPLOIENT...
... LE STRESS QUI ACCOMPAGNE L'IMPOSSIBILITÉ DE PRÉVOIR LA SUITE...
... ET L'HISTOIRE DU QUARTIER ET DES GENS QUI L'OCCUPENT...
FOIRE AUX CLIMATISEURS
... CE SONT DES CHOSES QU'ON NE PEUT COMPRENDRE ET SENTIR QU'UNE FOIS SUR PLACE.

IL EXISTE UNE MONTAGNE D'INFORMATIONS DISPONIBLES POUR FACILITER NOTRE TRAVAIL...
... MAIS LA DÉCISION QUI DOIT ÊTRE PRISE SUR PLACE EST UNIQUE.
C'EST POUR ÇA QU'OBSERVER CORRECTEMENT LA SITUATION...
... AVANT DE PRENDRE UNE DÉCISION PERMET DE PROGRESSER.
ET T'OFFRIR LES OCCASIONS DE PROGRESSER...

… ÇA FAIT PARTIE DE NOTRE PHILOSOPHIE, SAKURAGI.
HA !
EN PARLANT DE PHILOSOPHIE !!
VOUS AVEZ COMMANDÉ LES RUBANS COURTS, FINALEMENT ?!
LES LONGS ÉTAIENT BIEN MIEUX, POURTANT !
LONGS OU COURTS, JE SUIS ÉLÉGANT, QUOI QU'IL ARRIVE.
CE N'EST PAS LA QUES-TION !
J'AI LES CHEVEUX LONGS, ALORS C'EST BON, NON ?!

BROUHAHA
ワイワイ
LES VOILÀ REPARTIS.
iL FAUT TOUJOURS QU'iLS SE LANCENT DANS DES DiSPUTES BiZARRES.
HÉHÉHÉ
クスクス
iL N'Y A PAS À DiRE...
... CET ENDROiT EST VRAiMENT SPÉCiAL...
C'EST DiFFiCiLE DE NE PAS S'Y ATTACHER, PAS VRAi ?
FUFUFUH...
C'EST BiEN VRAi...

Dessin bonus

Q. Comment avez-vous dépensé votre premier salaire ?

MA VOiX EST PRÊTE.
CHAPITRE 10
POUR DES INSTANTS COMME CELUI-CI
ET NOUS N'AVONS PAS D'iNTERVENTiON PROGRAMMÉE.

PAR CONSÉQUENT...
... JE PROPOSE QU'ON AILLE TOUS ENSEMBLE AU KARAOKÉ !
TADAAAA
VOUS AVEZ PRÉPARÉ VOTRE VOIX... POUR LE KARAOKÉ...?
OUI, SPÉCIALE-MENT.
MAIS J'AI CONSCIENCE QUE JE VOUS PRENDS AU DÉPOURVU. SI VOUS AVEZ AUTRE CHOSE DE PRÉVU OU SI VOUS N'AVEZ PAS ENVIE DE VENIR, JE LE COMPREN-DRAI.
Je peux y aller seul.
BRR
BRR
TUNING MAGIC

SBLOF
ガクゥ
VOUS ALLEZ DEVOIR Y ALLER SANS MOI...!
NIKOYAMA ?!
J'AI VRAIMENT ENVIE D'Y ALLER...
... MAIS IL ME RESTE ENCORE DU TRAVAIL...
FAIRE REMONTER LES DONNÉES D'ACTIVITÉ, ÉDITER LES DOCUMENTS EN COURS ET RÉGLER LES INSTRUMENTS DE MAGIE ?
C'EST DÉJÀ FAIT, REGARDE.
PA... PATROOOON !
LA VACHE !

LE PATRON EST MOTIVÉ À FOND !
LE COURS DE L'HISTOIRE VA PEUT-ÊTRE ÊTRE BOULEVERSÉ, CE SOIR...
ゴクリ GLOUPS
À CAUSE DE NOTRE SÉANCE DE KARAOKÉ...?
ÇA TOMBE BIEN...
バララ FLAP
... PARCE QUE J'AI DES COUPONS DE RÉDUCTION POUR TOUT LE MONDE, À UTILISER AVANT LA FIN DU MOIS !
KARAOKÉ
PASELI
てってれー TADAM
LA COÏNCIDENCE N'EST PAS UN PEU GROSSE ?!
MAIS NON !
TOUS LES REPRÉSENTANTS DE COMMERCE SE BALADENT AVEC DES BONS DE RÉDUCTION À OFFRIR AUX CLIENTS !
VRAI... VRAIMENT ?
* MIDORIKAWA EST LE SEUL.

KARAOKÉ PASELI
Le plus grand nombre de chansons au monde !
KARAOKÉ PASELI
NOURRITURE ET BOISSONS AUTORISÉES
Campagne de promotion en cours !
ÉTUDIANTS
FAMILLES
GRATUIT POUR LES ÉCOLIERS ET LES COLLÉGIENS !
UN HONEY TOAST EN PLUS, S'IL VOUS PLAÎT.
KOSHIGAYA !
VOUS VENEZ D'EN COMMANDER UN.
C'EST QUAND J'ATTENDS QU'ON M'APPORTE À MANGER QUE LA FAIM SE FAIT LE PLUS SENTIR...
FRIED FOODS
ZYEUTE

HONEY TOAST
LE PATRON A L'AIR D'AVOIR UNE TENUE NORMALE (?), À L'EXTÉRIEUR...
PERSONNE NE SEMBLE SURPRIS...
... MAIS MOI, JE NE LE CONNAIS PAS ENCORE SUFFISAMMENT...
JE NE SAIS PAS SI JE PEUX POSER DES QUES-TIONS NI À QUEL MOMENT...
QUI COMMENCE À CHANTER ?
AH, PATRON, C'EST UNE DE VOS CHANSONS !

OUI.
SBAH
IL PORTAIT UNE ROBE EN DESSOUS !
COMMENT IL A FAIT ?!
MAIS... UNE PETITE MINUTE...
CETTE TENUE...!
SAKURAGI...
TU L'AS RECONNUE, N'EST-CE PAS ?

C'EST LA TENUE DE L'ANIME "SINGER SUGAR, L'ANGE QUI VOULAIT CHANTER".
C'EST CELLE QUE PORTE L'HÉROÏNE, LA MAGICAL GIRL SHIORI SUGAR, UNE FOIS TRANSFORMÉE !!
CLOOONG
J'AVAIS VU JUSTE...!!
ズ
ガー
IL A CHOISI UNE TENUE ADAPTÉE AU KARAOKÉ... ÇA NE M'ÉTONNE MÊME PLUS...
GLOUPS
ÇA Y EST, TU ES HABITUÉE, KANA...

AUJOURD'HUI ENCORE JE M'EN VAAAIS...
SÈCHE DONC TES LAAARMES...
Je marche en compagnie de mes amis
JE MARCHE EN COMPAGNIE DE MES AMIIIS...
IL CHANTE SUPER BIEN...
MIRACLE ! MIRACLE !
VOUS ÊTES DANS LE PERSONNAGE, PATRON !

POURQUOI ? POURQUOI ?
TU NE COMPRENDS PAS MA TRISTESSE
MAIS POURQUOI DONC ?!
IL CONNAÎT TOUTES LES PAROLES DES CHANSONS...
KOSHIGAYA CHANTE... AVEC SON HONEY TOAST...?
ELLE CHANTE EN MANGEANT, EN PLUS...
SA VOIX PORTE BIEN...
KAWAII !
KAWAII !!
INCROYABLE... ELLE CONNAÎT PAR CŒUR TOUTES LES PAROLES, ET MÊME LA CHORÉGRAPHIE...

VOUS NE CHANTEZ PAS, MIDORIKAWA ?
NON, MOI, JE CONNAIS TOUTES LES CHANSONS DU PATRON. JE SUIS CHARGÉ DE LES LANCER À SA PLACE.
TOP
TOP
TOP
TOP
TOP
...
TÛÛÛÛT
C'EST DÉJÀ L'HEURE...
IL VA FALLOIR Y ALLER, ALORS !
RANGEONS UN PEU, AVANT DE PARTIR.
FRISH

JE VOUS REMERCIE DE M'AVOIR ACCOMPAGNÉ.
ON S'EST BIEN AMUSÉS, PATRON !
IL FAUT DIRE QUE LES CHANSONS QUE VOUS CHOISISSEZ DONNENT DE L'ÉNERGIE…
ON DEVRAIT REFAIRE UN KARAOKÉ BIENTÔT.
OUI !
VOUS AIMEZ BIEN CES MOMENTS, N'EST-CE PAS ?
OUI, C'EST VRAI…
MON SOUHAIT…

... EST DE PROTÉGER CES MOMENTS DE PARTAGE, PARTOUT DANS LE MONDE.
TANJIRÔ

ILDING
KARAOKÉ
2F
ARAOKÉ
KARAOKÉ DES GÉANTS
MAGICAL BUILDING
24H OPEN
酒
PROTÉGER CES MOMENTS...
... PARTOUT DANS LE MONDE...

À DEMAIN !
NE TRAÎNEZ PAS EN RENTRANT !
KANA, SURVEILLE KOSHIGAYA, S'IL TE PLAÎT.
VOUS ME PRENEZ POUR QUI, AU JUSTE...?
ON S'EST BIEN AMUSÉS, HEIN ?
C'ÉTAIT QUELQUE CHOSE, C'EST SÛR...

VOYAGE EN TRAIN
AST
KOSHIGAYA...
OUAIS ?
LA SOCIÉTÉ DANS LAQUELLE ON TRAVAILLE SORT DE L'ORDINAIRE, PAS VRAI ?
HMM... LE PATRON ÉTANT QUI IL EST...
MAIS ON AIME TOUS Y TRAVAILLER.

IL FAISAIT DÉJÀ DES TRUCS AMUSANTS AVANT DE MONTER CETTE BOÎTE, À CE QU'IL PARAÎT.
C'EST KAEDE QUI M'A DIT ÇA.
JE NE SAIS PAS S'IL S'HABILLAIT DÉJÀ AINSI, EN REVANCHE.
COMMENT ÇA...?
QUAND J'AI ÉTÉ RECRUTÉE, IL ÉTAIT DÉJÀ COMME ÇA.
HEIN ?!
JE NE SAIS PAS SI J'AURAIS ACCEPTÉ LE POSTE...
AH BON ?

TU L'AS ACCEPTÉ, JE TE SIGNALE.
C'EST VRAI.
MAIS JE NE SAIS TOUJOURS RIEN AU SUJET DE NOTRE CHEF.

* PRIORITÉ AUX MAGICAL GIRLS.

Mode de préparation de la voix :
Chanter plusieurs jours de suite un enchaînement de chansons de magical girls, pour un total de 10 heures.
MIRACLE ! MIRACLE !
Il chante mieux qu'hier...

CHAPITRE 11 ✦ PARTENARIAT

MERCI. ÇA M'AIDERAIT BEAUCOUP.
MAIS DIS-MOI...
TU NE T'ES TOUJOURS PAS RÉCONCILIÉ AVEC KOGA ?
NOUS NE SOMMES PAS...
... SPÉCIALEMENT EN FROID, TU SAIS.
NOUS N'AVONS PAS EU L'OCCASION DE NOUS PARLER, TOUT SIMPLEMENT.
AH BON...

JE SUIS CONTENTE QUE ÇA AIT L'AIR D'ALLER, EN TOUT CAS.
IL FAUDRAIT QU'ON SE VOIE POUR DISCUTER TRANQUILLEMENT.
...
OUI, TU AS RAISON.
CLAC
ガチャ
PATRON, LES REPAS ONT ÉTÉ LIVRÉS, ON VA POUVOIR DÉJEUNER.
MIDORI-KAWA...

SAKURAGi EST LÀ ?
ÉCOUTE BiEN, KANA.
iL EXiSTE UNE MÉTHODE MAGiQUE POUR RENDRE LES REPAS MEiLLEURS.
BENTO SUPER NOVA
HEEEiN...?
REGARDE CE BENTO, PAR EXEMPLE...

TU AS LE PLAT PRINCIPAL, LA VIANDE, AVEC TOUS LES ACCOMPAGNEMENTS HABITUELS.
RIZ, PETITE SALADE DE PÂTES... RIEN D'EXTRAORDINAIRE, QUOI.
SCROF
SCROF
MAIS J'AI UNE FORMULE MAGIQUE...
TADAAA
SUPER NOVA
LIVRAISON À DOMICILE
Fait maison
680円
580円
2160円
LA PUBLICITÉ DU FABRICANT, AVEC TOUTES LES PHRASES D'ACCROCHE !
IL SUFFIT DE MANGER EN LISANT ÇA !!
ÇA DEVIENT MEILLEUR, C'EST MAGIQUE !
* SELON KOSHIGAYA.
SAVOUREZ NOTRE STEAK BIEN JUTEUX, SPÉCIALITÉ DE LA MAISON...?
ACCOMPAGNÉ D'UNE SAUCE ADOUCIE PAR LES OIGNONS LENTEMENT CARAMÉLISÉS.
N'OUBLIE PAS DE MANGER, EN MÊME TEMPS.

ジュオォォォォ
FWOOOH
キュ
PAH
もぐ…
MUNCH
もぐ…
MUNCH
ジュワァァァ
FSHHH
ぱく
WHAM
C'EST VRAI... C'EST MEILLEUR...
ゴクリ…
GLOUP
TU VOIS ??
* SELON SAKURAGI.
TU CROIS QU'ON POURRAIT BREVETER CETTE MAGIE ?
J'AI UN DOUTE...
ON A UNE PROPOSITION DE TRAVAIL POUR TOI.
Ça marche aussi dans les restaus familiaux.
ガチャ
CLAC
SAKURAGI ?
PRÉVISIONNEL

UNE COLLABORATION AVEC UNE AUTRE SOCIÉTÉ...?
TU IRAIS LES AIDER...
... PENDANT UNE SEMAINE.
LE PARTENARIAT SE FERAIT AVEC LA COMPAGNIE MIYAKODO.
MIYAKODO...?!

TOMBEZ SOUS LA MAGIE...
... DU NOUVEAU FOND DE TEINT CÉLESTE MIYAKODO.
Testé à une vitesse de 40 km/h.
Notre produit habituel
Fond de teint céleste
MÊME EN VOL, IL NE BOUGE PAS !
RECOMMANDÉ AUSSI POUR LES MAGICAL GIRLS !
ON PARLE BIEN DE CE MIYAKODO-LÀ ?
TOUT À FAIT.
MAIS... C'EST UNE GRANDE COMPAGNIE DE PRODUITS COSMÉTIQUES...?
TOUT À FAIT.

SA DIRECTRICE, MIYAKO ASÔ, EST UNE VIEILLE CONNAISSANCE.
LA DEMANDE EST DESTINÉE À LEUR SERVICE DE MAGICAL GIRLS.
LES MAGICAL GIRLS DE CHEZ MIYAKODO SONT UN DES SYMBOLES FORTS DE LA COMPAGNIE AUPRÈS DU PUBLIC.
ÇA TE FERAIT DU BIEN DE VOIR COMMENT ON FONCTIONNE AILLEURS.
Une connais-sance ?
La patronne d'un si grand groupe ?
HA
は
KOSHIGAYA VIENT AVEC MOI ?
NON, ELLE SERA EN CONGÉ.

EN VACANCES...?!
ON A TRAVAILLÉ PAS MAL D'HEURES, CES DERNIERS TEMPS.
COMME TU N'ES PAS ENCORE ASSEZ QUALIFIÉE POUR TRAVAILLER SEULE, SAKURAGI...
... TU SERAS ACCOMPAGNÉE D'UNE COLLÈGUE, CHEZ MIYAKODO.
!
UNE COLLÈGUE...
TU N'AS RIEN À CRAINDRE. TU N'AURAS QU'À SUIVRE SES CONSIGNES.
C'EST PAS LA PEINE...

… DE STRESSER, ÇA VA BIEN SE PASSER.
PROFITE JUSTE DE L'EXPÉRIENCE.
OUI !
PREMIER JOUR.
…

DOOONG
ドォー
MIYAKODO
LEUR INSTALLATION RESSEMBLE À UN GRAND HÔTEL. IL Y A MÊME UN CAFÉ...
IL EXISTE UNE TELLE DIFFÉRENCE AVEC NOS LOCAUX...
COM-MENT...
... NE PAS STRESSER...?

MADEMOISELLE SAKURAGI, DE MAGILLUMIÈRE ?
VOICI VOTRE BADGE DE VISITEUR. VOUS ÊTES ATTENDUE AU 4e ÉTAGE.
GUEST
SWOUUUH
SHOUH
C'EST VOUS QUI ÊTES ENVOYÉE PAR MAGILLUMIÈRE ?

ENCHANTÉE.
JE M'APPELLE LILY AOI. JE SUIS MAGICAL GIRL CHEZ MIYAKODO.
JE SUIS BIEN DANS UNE BOÎTE DE COSMÉTIQUES.
PAR ICI, JE TE PRIE.
ELLE EST CANON...!!

ÇA DOIT T'ÉTONNER, DES MAGICAL GIRLS DANS UNE COMPAGNIE DE COSMÉTIQUES...
Meeting Room
Lavande
C'EST UNE TRADITION QUI DATE DE LA CRÉATION DE LA COMPAGNIE.
AH, MAIS BOIS, JE TE PRIE.
C'est une tisane...
EST-CE QU'IL Y A DES TRANSFERTS ENTRE LES DIFFÉRENTS SERVICES ?
OUI !
MOI, ÇA NE FAIT QUE DEUX ANS QUE JE FAIS PARTIE DE CE SERVICE.

APRÈS MES ÉTUDES, J'AI INTÉGRÉ LE SERVICE DE LA RECHERCHE.
J'AI ÉTÉ TRANSFÉRÉE ICI APRÈS QUELQUES ANNÉES.
JE DOIS AVOIR L'ÂGE IDÉAL POUR ÊTRE MAGICAL GIRL...
C'EST ÉTRANGE...
SA VOIX EST TRÈS DISTINGUÉE, MAIS ELLE EST EN MÊME TEMPS TRÈS AMICALE.

GLOU
LE MOINDRE DE SES GESTES EST REMPLI D'ÉLÉGANCE.
ÇA EXISTE VRAIMENT, CE GENRE DE PERSONNE…
J'AI TOUJOURS APPRÉCIÉ MIYAKODO, C'EST POUR CELA QUE J'AI INTÉGRÉ L'ENTREPRISE.
MAIS J'ÉTAIS ÉGALEMENT INTÉRESSÉE PAR LE MÉTIER DE MAGICAL GIRL.
LE MÉTIER QUI FAIT RÊVER TOUTES LES PETITES FILLES…
HA… MAIS JE MONOPOLISE COMPLÈTEMENT LA CONVERSATION…

JE TE REMERCIE DE NOUS REJOINDRE...
... POUR CES QUELQUES JOURS...
... KANA SAKURAGI.
PAR QUOI POURRAIT-ON COMMENCER...
... AUJOUR-D'HUI...?
AH !
EN PRÉVISION DE NOTRE PARTENA-RIAT...
... J'AI FAIT QUELQUES PETITES RECHERCHES.
CES DOCUMENTS SONT SUR LES INSTRUMENTS MAGIQUES QUE NOUS AVONS INTÉGRÉS RÉCEMMENT...
... AINSI QUE SUR LEURS MODES D'EMPLOI...
AUJOUR-D'HUI...
FLAH

... NOUS ALLONS FAIRE LES BOUTIQUES ET ALLER PRENDRE UN CAFÉ.
HEIN ?

Dessin bonus
Le lendemain du karaoké

ÇA TE VA BIEN !
ÇA FAIT UN PEU JEUNE, MAIS ÇA TE MET PARFAITEMENT EN VALEUR.
LE STYLE IVY LEAGUE TE VA ÉGALEMENT TRÈS BIEN, ÇA FAIT RESSORTIR TON CÔTÉ ESPIÈGLE.
AVEC LES CHEVEUX DÉTACHÉS, TU PEUX JOUER SUR UNE IMAGE PLUS ADULTE, AUSSI...
CHAPITRE 12 MAGICAL GIRL CHEZ MIYAKODO
QUE SE PASSE-T-IL ?
JE SUIS CENSÉE ÊTRE LÀ DANS LE CADRE D'UN PARTENARIAT DE TRAVAIL, MAIS...

... JE ME RETROUVE À FAIRE UN DÉFILÉ DE MODE...?
C'EST BIEN ! ESSAYE ÇA, MAINTENANT !
LE PATRON M'A DIT DE SUIVRE LES CONSIGNES QU'ON ME DONNAIT, MAIS...
JE ME SENS COUPABLE DE M'AMUSER PENDANT MES HEURES DE TRAVAIL...
EN MÊME TEMPS...

CAFÉ
ÇA FAISAIT LONGTEMPS QUE JE N'AVAIS PAS FAIT LES BOUTIQUES...
... JE NE PEUX PAS NIER QUE J'Y PRENDS DU PLAISIR.
FOUAH
EUH... MADEMOISELLE AOI...
OUI ?
EST-CE QUE JE PEUX VRAIMENT ACCEPTER...
... TOUT CE QUE VOUS AVEZ ACHETÉ POUR MOI...?
MAIS OUI...

C'EST UNE SORTE DE PASSAGE OBLIGÉ, CHEZ NOUS.
COMMENT ÇA...?
MIYAKODO
LES STAGIAIRES QUI ENTRENT CHEZ MIYAKODO...
... COMMENCENT PAR APPRENDRE QUELS SONT LES VÊTEMENTS ET LES STYLES DE MAQUILLAGE QUI LES METTENT EN VALEUR.
AH BON...
C'est la compagnie qui paye pour tout ça alors...
PARCE QUE C'EST UNE ENTREPRISE DE COSMÉTIQUES ?
OUI !
MAIS LE SERVICE DES MAGICAL GIRLS EST UN PEU À PART.

LES MAGICAL GIRLS SONT DE JEUNES FEMMES PARFAITEMENT INTÉGRÉES À LA SOCIÉTÉ, DE NOS JOURS...
... MAIS L'ÉPOQUE DES "SORCIÈRES" N'EST PAS SI LOIN QUE ÇA...
LE SALAIRE QUE NOUS RECEVONS EST ÉLEVÉ...
... ET LES MAGICAL GIRLS FONT UN TRAVAIL QUI N'EST PAS SANS RISQUES.
POUR CES DEUX RAISONS, L'IMAGE DE LA PROFESSION POURRAIT DEVENIR RAPIDEMENT NÉGATIVE, SI L'ON N'Y PRENAIT PAS GARDE.
Magical "girls", tu parles !
Des vieilles sorcières, ouais !
... MAIS ÇA NE SUFFIT PAS À ATTIRER DE NOUVELLES CANDIDATES.

EN TANT QUE MAGICAL GIRL DE CHEZ MIYAKODO...
... ET EN TANT QUE REPRÉSENTANTE DE MA PROFESSION...
... JE VEUX TRANSMETTRE AU PUBLIC UNE BELLE IMAGE DE CE MÉTIER.
TRANS-METTRE...
INCROYA-BLE...
JE DÉCOUVRE UNE NOUVELLE FAÇON DE CONCEVOIR LE MÉTIER...
... ET UNE NOUVELLE FAÇON D'ÊTRE MAGICAL GIRL...
BIEN ! LE MAQUILLAGE, POUR FINIR.

* ENVIRON 35 EUROS.

MERCI POUR VOTRE ACHAT.
MIYAKODO
JE NE POURRAI JAMAIS ATTEINDRE LA PERFECTION DE LILY...
MIYAKODO
... MAIS JE VEUX FAIRE MON POSSIBLE POUR LUI ÊTRE UTILE, DANS LE CADRE DE NOTRE COLLABORATION.
BIEN...
IL EST ENFIN TEMPS...

... DE TRAVAILLER UN PEU !
MIYAKOD
!
COMPRIS !
DOIT-ON ÉLIMINER DES MONSTRES ?!
OÙ DOIT-ON SE RENDRE...?
CALME-TOI. PAS LA PEINE DE SE PRÉCIPITER, VOYONS.
SWOUH

N'OUBLIE PAS DE SOURIRE.
GNIH
...
NOUS DEVONS MENER UNE INSPECTION DES TAUX D'ANOMALIES.
NOUS NOUS RENDONS DANS UN HÔTEL QUE NOUS UTILISONS SOUVENT POUR NOS CONFÉRENCES DE PRESSE...
... ET POUR LEQUEL NOUS EFFECTUONS RÉGULIÈREMENT LES INSPECTIONS D'USAGE.
IL SE SITUE DU CÔTÉ DE TOMACHI.

CE N'EST PAS TRÈS LOIN D'ICI, ALORS.
Lieu actuel
Deux stations...
Tomachi
NON.
ET NOUS AVONS DÉPOSÉ NOS ACHATS...
ON PEUT SE TRANSFORMER ET Y ALLER, ALORS.
ENTENDU !
CARTE PROFESSIONNELLE
MAGICAL GIRL
KANA SAKURAGI
MAGILUMIÈRE COMPANY LIMITED
SBAH

ACTIVATION...
... DU PROGRAMME C !!
SBROUF
FOUAP

PAH
PAH
PSHUIT
PAH
SHLING
SBAH
FOUAP

KANA SAKURAGI, MAGILLUMIÈRE...
... TRANSFORMATION COMPLÈTE !
CLAP
CLAP
CLAP
CLAP
BRAVO ! C'ÉTAIT MAGNIFIQUE !
ON SENT QUE L'INGÉNIEUR QUI A CONÇU CETTE TRANSFORMATION Y A MIS DU CŒUR !
À MON TOUR...
SWOUH

LAPIN NAIN AU PELAGE BLANC VAPOREUX...
... STYLO PLUME AU CORPS AMBRÉ...
... PIÈCE ANCIENNE TROUVÉE DANS UN GRENIER...
FOUAP
... BOUCLES D'OREILLES DE MUGUET RECOUVERTES DE ROSÉE...
... PRISONNIERS DANS VOTRE COFFRET DE CHÊNE...

BRISEZ VOS CHAÎNES...
... ET SORTEZ AU GRAND JOUR.
FLASH
FROUUUH

SHLING
CLING
SWOOF
TOC

TAC
TAC
FLASH
SHLING

LILY AOI... TELLE UNE FLEUR...
... JE DÉPLOIE MES PÉTALES.
L'HEURE D'ARRIVÉE À L'HÔTEL ALBERIC...
... EST PRÉVUE POUR 14 H 16.
NOUS SOMMES PRÊTES À EFFECTUER NOTRE TÂCHE.

Dessin bonus

TOMACHI, C'EST UN QUARTIER AVEC DES BOUTIQUES DE LUXE, N'EST-CE PAS ?
OUI ! J'Y ÉTAIS JUSTEMENT, DIMANCHE DERNIER.
LA MAISON CHOCOLATS DENIS VIENT D'Y OUVRIR SA DEUXIÈME BOUTIQUE AU MONDE...
CHAPITRE 13 WATERPROOF
JE VOULAIS ÉGALEMENT ACHETER UN MONT-BLANC CHEZ DÉSIRÉ, MAIS...
... LE DIMANCHE, C'EST IMPOSSIBLE. ILS AVAIENT DÉJÀ TOUT VENDU, ÉVIDEMMENT.
PAAAH
SUR LE CHEMIN DU RETOUR, EN REVANCHE...
... J'AI RÉUSSI À ACHETER DES BEIGNETS AU CRÉMANT !

Quelle chance...
Oui, vraiment !
JE NE COMPRENDS RIEN À CE QU'ELLE RACONTE...
SA TRANSFORMATION ÉTAIT COMPLÈTEMENT DIFFÉRENTE DE LA MIENNE.
IL EXISTE TELLEMENT DE DIFFÉRENCES, D'UNE MAGICAL GIRL À UNE AUTRE...
JE DOUTE QUE KOSHIGAYA ET LILY PUISSENT TENIR UNE CONVERSATION NORMALE...
Les sucreries ? Moi, c'est galettes de riz soufflé ou rien.
LES MAGICAL GIRLS DE CHEZ MIYAKODO SONT UN DES SYMBOLES FORTS DE LA COMPAGNIE AUPRÈS DU PUBLIC.
JE COMPRENDS...

INCARNER LA BEAUTÉ FAIT PARTIE DE SON TRAVAIL.
NOUS VOILÀ ARRIVÉES.
OUAAAAH !...

CET HÔTEL EST GIGANTESQUE...!
C'EST L'HÔTEL ALBERIC.
JE TE RECOMMANDE LEUR SALON DE THÉ.
C'EST ICI QUE NOUS DÉVOILONS NOS NOUVEAUTÉS AU PUBLIC.
!

JE SUIS CHARGÉE D'AIDER UNE COMPAGNIE QUI DÉVOILE SES NOUVEAUTÉS DANS UN HÔTEL DE LUXE...
JE CROIS QUE J'AI VRAIMENT INTÉRÊT...
... À NE PAS FAIRE N'IMPORTE QUOI.
QUEL MANQUE DE DISTINCTION, CHEZ MIYAKODO...
PSST
PSST
COMMENT UNE PERSONNE QUI NE COMPREND PAS L'HUMOUR FRANÇAIS OSE-T-ELLE ESPÉRER ÊTRE DU MOINDRE SECOURS ?!
* L'IMAGINATION DE KANA À PROPOS DE L'UNIVERS DU LUXE EST PARTICULIÈREMENT PAUVRE.
JE VAIS FAIRE...
... DE MON MIEUX, C'EST PROMIS...!
NE SOIS PAS SI TENDUE, TOUT VA BIEN SE PASSER !
Alberic

WEDDING
NOUS SOMMES LES MAGICAL GIRLS DE CHEZ MIYAKODO. NOUS VENONS POUR L'INSPECTION.
VOUS VENEZ INSPECTER LES PLAFONDS DU DERNIER ÉTAGE, N'EST-CE PAS ? JE SUIS AU COURANT.
L'IMMEUBLE ATTENANT EST EN TRAIN D'ÊTRE DÉMANTELÉ...
VOUS RISQUEZ D'ENTENDRE PAS MAL DE BRUIT.
ENTENDU.

SAKURAGI DOIT DÉJÀ ÊTRE SUR PLACE, NON ?
JE ME SENS STRESSÉ POUR ELLE...
OUI...
UNE INSPECTION, ÇA NE DEVRAIT PAS ÊTRE DANGEREUX, N'EST-CE PAS ?
NON... ELLE N'EST PAS SEULE, EN PLUS.
ÇA FAISAIT LONGTEMPS QU'ON N'AVAIT PLUS EU CE GENRE DE PARTENARIAT.
C'EST VRAI QUE NOUS PROPOSONS BEAUCOUP DE SERVICES DE MAGIE...
... MAIS QU'IL EST RARE QUE NOUS COLLABORIONS AVEC D'AUTRES COMPAGNIES...

BEN...
EN EFFET...
Allez, laisse-moi tuner ton balai !
MiYAKODO EST MOiNS DOUÉE QUE NOUS, DANS LE DOMAiNE TECHNiQUE.
iL EST iMPORTANT...
... QU'ELLE VOiE COMMENT ON TRAVAiLLE AiLLEURS.
CEPENDANT...
... iL Y A UN DOMAiNE DANS LEQUEL CETTE SOCiÉTÉ NOUS DÉPASSE LARGEMENT.
LEURS MAGiCAL GiRLS PARViENNENT TOUJOURS À RESTER CALMES FACE À L'iMPRÉVU.

SI SAKURAGI ARRIVAIT À APPRENDRE DE CETTE EXPÉRIENCE...
... ÇA LUI PERMETTRAIT D'AVOIR UN PEU PLUS CONFIANCE EN ELLE.
RON !
PLAC
HEIN ?!
TROIS DORAS PDG, PLUS UNE GRANDE SUITE...
JE LE CROIS PAS...
PATRON, VOUS ÊTES VRAIMENT IMBATTABLE AU MAHJONG DES CARTES DE VISITE...
OUI...
HA !
SCRITCH

EST-CE QUE ÇA VA ?
J'AI ACCROCHÉ MON VÊTEMENT...
JE TE LE DÉCROCHE, NE BOUGE PAS.
PARDON...
TU AS BESOIN D'UN PANSEMENT ?
JE NE SUIS PAS BLESSÉE.
TANT MIEUX.
C'EST VRAI QU'IL EST FACILE D'ACCROCHER SES VÊTEMENTS, DANS CET ENDROIT.
SWOOP
...
SWOOP

C'EST PRESQUE FINI, COURAGE !
OUI !
JE SUIS VENUE POUR APPORTER MON AIDE.
JE NE DOIS PAS RETARDER LILY DANS SA TÂCHE.
GNH
JE DOIS ME REPRENDRE.
L'IMAGE QUE JE RENVOIE JOUE SUR LA RÉPUTATION DE MON EMPLOYEUR, EN PLUS...
SA DÉMARCHE EST PLEINE DE GRÂCE...
QU'EST-CE QUI LA DIFFÉRENCIE DE MOI ? LA COURBURE DE SES CHEVILLES ? LA POSITION DE SES MAINS ?
KACLANG

VOUS AVEZ ENTENDU, VOUS AUSSI ?
OUI...
CE SONT LES TRAVAUX ?
PEUT-ÊTRE...
MAIS ON NE VOIT RIEN, D'ICI...
... À CAUSE DES BÂCHES.
防音
防音
防音
防音
ÇA M'INQUIÈTE UN PEU.
JE VAIS ALLER JETER UN ŒIL, POUR PLUS DE PRÉCAUTION. JE PEUX TE LAISSER ALLER REMETTRE NOTRE RAPPORT ?
OUI !
MERCI D'AVOIR RÉALISÉ L'INSPECTION.

CE N'EST PAS GRAND-CHOSE, MAIS SI VOUS LE DÉSIREZ...
... VOUS POUVEZ MANGER UN GÂTEAU DANS NOTRE SALON DE THÉ, AVANT DE REPARTIR.
EUH... ÇA NE VOUS ENNUIE PAS...
... QUE NOUS INSPECTIONS L'IMMEUBLE EN TRAVAUX À CÔTÉ DE VOTRE HÔTEL, DANS UN PREMIER TEMPS ?
NON, JE VOUS EN PRIE.
TAP
TAP
Travaux de démantèlement
TAP
TAP
ROLL
LILY ?!

BRÔÔÔÔH
BROUOH
CRAC
CRAC
FROOH
C'ÉTAIT BIEN UN MONSTRE...!

IL VIENT D'APPARAÎTRE.
J'AI FAIT ÉVACUER LES OUVRIERS.
CLAC !
CLAC
HEIN ?!
FAIS ATTENTION AU SOL.
IL SE NOURRIT DES GRAVATS.
SWOOH
ON NE PEUT PAS LE LAISSER ATTIRER À LUI TOUS LES GRAVATS DE LA ZONE...

CRAC
CLAC
CLAC
CLAC
IL N'A PAS L'AIR DE VOULOIR RESTER TRANQUILLE.
SAKURAGI...
RECULE-TOI UN PEU.

CRÂÂC
SWOOSH
...?
SHAAAAH

FRÔÔH
LI... LILY...?
IL SE SERT DE LA POUSSIÈRE POUR SE DÉVELOPPER.
LA PLUIE DEVRAIT CONTRAINDRE UN PEU SES MOUVEMENTS.
FRÔÔH
SWAP
ÇA VA NOUS FACILITER UN PEU LA TÂCHE.
FSHHHH
MAIS...
EST-CE QUE ÇA VA...?

MAIS OUI.
JE T'AI BIEN DIT QUE CE FOND DE TEINT ÉTAIT WATERPROOF, NON ?
SHHHH
ELLE...
ELLE ME FAIT...
...UN PEU PEUR !!
MAGILUMIÈRE CO. LTD. VOL. 2 - FIN

Dessin bonus

CHAPITRE BONUS

Magilumière Co. Ltd.
@Magilumière Co. Ltd.
Que souhaitez-vous voir pour le chapitre bonus du second tome de Magilumière Co. Ltd. ?
#Magilumière
La routine du soir de Shigemoto 44 %
Les vacances de Koshigaya 22 %
Une anecdote sur Lily, pendant sa 1re année de magical girl 34 %
20:58 22/02/2022 - Twitter Web App
AH BON...?! POURQUOI CE SUJET ÉTAIT-IL PROPOSÉ DANS L'ENQUÊTE AUX LECTEURS, ALORS...?
JE SAIS PAS...
ILS ONT DÛ AJOUTER CETTE LIGNE EN PENSANT QUE LES GENS VOTERAIENT POUR LES DEUX AUTRES...
QU'EST-CE QU'ON FAIT, KANA ?
ON CHANGE POUR UN REPORTAGE SUR MES RESTAUS DE RAMEN PRÉFÉRÉS ?
NON... ON NE PEUT PAS TROMPER LES ATTENTES DES LECTEURS...
JE CROIS QU'ON N'A PAS LE CHOIX...
PATRON !

LAISSEZ-NOUS PLACER UNE CAMÉRA CHEZ VOUS, RIEN QUE POUR CE SOIR !!
CE SERA PARFAIT POUR MONTRER CE QUE VOUS FAITES LE SOIR, MÊME EN L'ABSENCE DE ROUTINE !!
J'APPRÉCIE TON ENVIE DE RESPECTER LA PROMESSE FAITE AUX LECTEURS !!
J'ACCEPTE !!
QUELLE FOUGUE, PATRON...
CLAC
22 h 00
AH, IL VIENT DE RENTRER !
IL RENTRE TARD, COMME D'HABITUDE.
Koshigaya et Kana observent le patron à distance, chez Kana.

CLAC
IL SE CHANGE TOUT DE SUITE.
SES VÊTEMENTS D'INTÉRIEUR SONT ORDINAIRES, ON DIRAIT...
QU'EST-CE QU'IL FAIT AVEC CE RUBAN À LA MAIN ?
CLAC
!!
IL REPASSE SON RUBAN...
C'EST UNE BLAGUE... IL FAIT ÇA TOUS LES SOIRS...?
22 h 30
ON DIRAIT QUE SON BAIN EST PRÊT.

...
...
CLAC カチャ
IL A PRIS UN PANIER REMPLI DE PRODUITS DE BEAUTÉ AVEC LUI... NON ?
DINGUE...
MOI, JE NE PRENDS QU'UNE SERVIETTE.
23 h 30
CLAC カチャ
HA ! IL SORT ENFIN.
QU'EST-CE QUE C'EST ?
DE L'EAU CITRONNÉE ...?
POUR SE RÉHYDRATER ET REPRENDRE DES VITAMINES, APRÈS SON BAIN...?
IL PREND SOIN DE LUI...
HM ? IL SE PASSE UN TRUC, LÀ...

CHAPITRE BONUS (FIN)

MAGILUMIÈRE CO. LTD.

LISTE DES CONTRIBUTEURS

STAFF

AIDA CHIHIRO

Anniversaire : le 19 février
Passe-temps/talent : incollable sur les friandises

STAFF

YÛTO SAEZU

Anniversaire : le 30 novembre
Passe-temps/talent : cartes Pokémon

STAFF

TAKUMA TATEISHI

Anniversaire : le 23 décembre
Passe-temps/talent : virelangues

STAFF

YÔ SHIORI

Anniversaire : le 27 avril
Passe-temps/talent : sait différencier les œufs crus des œufs mollets

STAFF

MOMO

Anniversaire : le 20 décembre
Passe-temps/talent : le travail, c'est sa passion

Magilumière Co. Ltd.

Design livres	TADASHI HISAMOCHI, SEIKO TSUCHIHASHI
Édition livres	YÛKO ABE
Responsable d'édition	SHÛ MURAKOSHI

Ce manga est publié dans son sens
de lecture originale, de droite à gauche.

Ici, vous êtes donc à la fin.

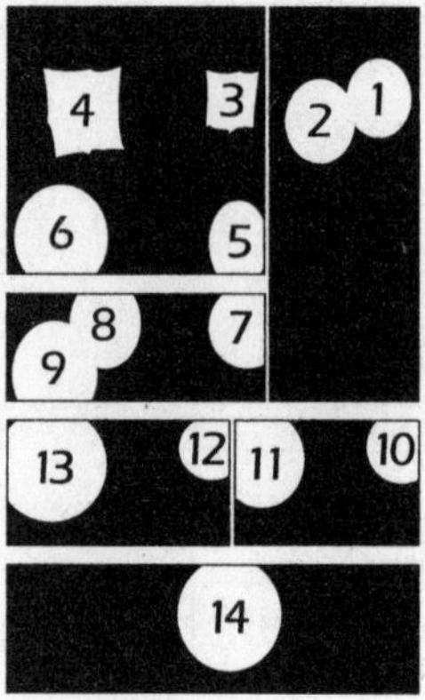

First published in Japan in 2021 by SHUEISHA Inc., Tokyo.
French translation rights in France and French-speaking Belgium, Luxembourg, Switzerland and Canada
arranged by SHUEISHA Inc. through VME PLB SAS, France.

7, avenue P-H Spaak - 1060 Bruxelles

Achevé d'imprimer en novembre 2024 • Dépôt légal : décembre 2024
d/2024/0086/357 • ISBN 978-2-5051-2619-5

Traduit et adapté en français par Sophie Lucas
Conception graphique : Vanya Michel
Adaptation graphique : Éric Montésinos

Imprimé et relié en Italie par Grafica Veneta Spa,
Via Malcanton 2, 35010 Trebaseleghe (Pd)

PEFC
PEFC/18-31-226
Certifié PEFC
Ce produit est issu de forêts gérées durablement et de sources contrôlées
www.pefc.be